Julenatten

af

Michael Sørensen

**Til min Stina
Tak fordi du gør julen til noget særligt**

© 2023 Michael Sørensen
Forlag: BoD – Books on Demand, Hellerup, Danmark
Tryk: BoD – Books on Demand, Norderstedt, Tyskland
ISBN 9788743054993

1.

Der faldt sne. Der faldt rigtig meget sne. Der faldt faktisk så meget sne, at vejene var forsvundet bag dyngerne af sne. Der faldt så meget sne, at markerne var dækket og samtlige træer i skoven havde sne på toppen, som var der hvide hatte på de ellers grønne trætoppe.

Det var også koldt. Det var så isnende koldt, at folk havde trukket indenfor, som man sagde, når det blev rigtig koldt udenfor. Inde i de små huse sad familierne samlet om varmeapparater, radiatorer og pejse og godtede sig over, at de ikke var ude i det kolde vejr. Det kolde vejr med den kolde sne.

I de små huse havde mødre bagt klejner, pebernødder og vaniljekranse. De havde stegt flæskestege, ænder og måske en enkelt gås. Fædre havde samlet brænde, hentet gaver og kysset mødre på deres varme kinder, for det var varmt at stå i køkkenet. Børnene havde pyntet juletræer, sunget og danset for det var endelig jul. Den 24. december. Juleaften.

I et enkelt hus lyste tusindvis af små julelys fra et træ, der var stort nok til at stå på et torv eller i et indkøbscenter.

Det var så stort, at man kunne se det fra de omkringliggende byer, hvor man pegede på de mange lys og sagde neeeeej, ihhhhh og nogle sagde endda åhhhhhhh.

Det havde taget manden i huset mere end ti dage at pynte det store træ med lyskæder, som han havde sat sammen over mange år.

Hvert år købte han flere kæder og hvert år satte han de nye kæder på den allerede lange kæde, som han havde i forvejen. Det var det, som man kaldte en tradition, for han blev ved med at købe nye kæder og i takt med, at det store træ voksede, så voksede lyskæden også. Det hele var meget imponerende og flere mennesker i den lille by sagde ofte, at det ikke var rigtig jul før end det store træ havde lys på. Lyset blev tændt den første december og manden tog først den meget lange juletræskæde af lys ned efter nytår, for så var julen slut.

Alle elskede det høje træ, de smukke lys og manden der gjorde så meget for at skabe julestemning i byen. Nu stod træet så og frøs ligesom alle andre, for selv om det var dækket af lys fra top til bund, så var det koldt - og det sneede.

Ved siden af det fine hus med det fine træ, som alle elskede, var der et andet hus. Det havde ikke nogen høje træer i haven. Det havde heller ikke nogen fine kæder af lys, der skabte glæde og varme i alles hjerter, når de beundrede det fra nær og fjern. Det havde faktisk slet ingenting. Ingen kulør, ingen lys og ingen julestemning. Huset havde det heller ikke så godt.

Et hul i taget var blevet gradvist større med årene og med den megen sne, der var faldet dette år, havde resten af taget givet efter. De sidste tagsten lå nu i en bunke, hvor der engang havde været en første sal.

Nu var der bare en bunke sten, nogle spær fra taget og en hulens masse sne, der gemte hele den faldefærdige top af huset væk fra folks åsyn, skulle de af vanvare kigge ind på det lille hus, som ikke fyldte noget i forhold til nabohuset med det store træ og lyskæden.

Det var koldt udenfor, men det var om muligt endnu koldere indenfor. I det lille hus uden lys. I det lille hus uden stemning. Her var det ikke blevet juleaften, for her var ingen mor, der kunne bage eller stege. Ingen far der hentede gaver eller brænde. Ingen børn, der kunne synge, danse eller glæde sig. Det betyder nu ikke, at der ikke var børn i huset, for det var der. Eller rettere – der var et enkelt barn. En enkelt dreng.

2.

Drengen havde opgivet at komme op på første sal, for sneen havde lagt et frossent låg over trappen, der nu havde et mystisk hvidt lys over sig. Et lys der delvist kom fra det store træ i nabohaven og delvist fra månen, der stod klar på himlen og mindede alle om, at der ikke kom mere sne - og at det i øvrigt var hundekoldt udenfor.

Drengen satte huen på hovedet. Det lange lyse hår strittede lidt under huen, så han tog huen af for anden gang og rettede håret, inden han igen maste den slidte sorte tophue over sit lille hoved. Lufferne røg på i en fart, så snart huen sad over håret, der ikke længere strittede helt så slemt inde bag huens varme inderside.

Han havde besluttet sig for at drage ud i verden. Han kendte ikke verden særlig godt, men den kunne umuligt være koldere og mere snedækket end huset, han var klar til at forlade. Han havde pakket sin rygsæk et par dage i forvejen. Den stod klar ved døren. Der var ikke noget særligt i den. Et par gamle fotografier, en yoyo og en bamse. Hans bamse. Den havde ikke noget navn, men det var heller ikke nødvendigt. Han havde kun den ene bamse, så der var ingen, der skulle slås om, hvem der fik hvilket navn - eller hvem der fik mest kærlighed fra drengen. Det gjorde bamse, for det var hans et og alt. Det virker måske underligt, at man kan have en bamse som sit et og alt, men det var nu engang sådan, det var for drengen.

Han havde en pose kiks i lommen. De var bløde, for han havde gemt dem i lang tid. Gemt dem til sin tur ud i verden. Han gik en sidste tur rundt i det lille hus. Det lille køkken fik et sidste blik fra drengen, der ikke havde mange minder om køkkenet, men alligevel havde en følelse af, at det engang havde været et vigtigt rum i det lille hus. Et samlingssted for måltider, hvor man spiste, til man revnede. Hvor man grinede over den varme mad, imens man skovlede kød, sovs og kartofler i munden. Et sted hvor man kunne få alt det, man kunne ønske sig, hvis man bare var tålmodig nok. Det var ikke noget han kunne huske eller havde en særlig erindring om, men han tænkte tit, at det engang måtte have foregået sådan i det lille hus.

Drengen spankulerede igennem stuen og kiggede på den sofa, der havde været hans seng lige siden taget havde givet op overfor mængderne af sne. Han klappede på det gamle fjernsyn, der ikke havde været tændt siden strømmen forsvandt fra det lille hus. Nu stod det midt i rummet, dækket af støv på toppen og med en tegning klistret på forsiden af skærmen. Han havde glemt hvad tegningen forestillede. Enten det eller også havde han ikke lyst til at huske, hvad de næsten udviskede røde streger fra en farveblyant engang, havde forestillet. Måske var det endnu et minde om noget, som han drømte, at han kunne huske, men som i virkeligheden nok ikke var et minde alligevel.

Dem havde han en hel del af. Minder der var drømme, som måske ikke var minder. Han gik ud i gangen og satte sig på huk. Han strammede det ekstra snørebånd på sine støvler, som han selv havde lavet af flere gamle snørebånd fra gamle støvler, som han ikke længere havde brug for. Det var lidt som juletræskæden hos naboen. Der kom lidt nyt bånd på ind imellem. Det blev ikke nødvendigvis længere af den årsag, for båndet havde det med at knække, hvilket sendte drengen på endnu en jagt efter flere støvler med snørebånd, som han kunne bruge til sine egne støvler. Støvlerne var for små og når hans fødder blev varme og udvidede sig, gjorde de lidt ondt. Støvlerne var heldigvis så stramme, at han ikke kunne få dem af, så det spillede ingen rolle alligevel.

Drengen tog sin rygsæk på, før han klappede på en ramme, der sad på væggen foran den trætte og slidte hoveddør, der for mange år siden var holdt op med at være tæt.

Rammen var tom, for det gamle fotografi, der havde siddet i rammen, lå i hans rygsæk. Han havde gjort det til vane at klappe rammen, når han forlod huset, så den tomme ramme fik et ekstra klap inden han smækkede døren bag sig.

3.

Vinden var ikke voldsom, men den var kold. Havde drengens morfar stadig været i live, ville han have sagt, at vinden gik lige igennem marv og ben. Drengen vidste ikke med sikkerhed, hvad det betød - andet end at det var koldt. Meget koldt.

Han kiggede ikke tilbage, da han nåede hullet i plankeværket, hvor der engang havde siddet en havelåge. Han vidste, hvordan huset så ud i vintermørket, der ellers ville have skjult både hus og dreng - hvis det ikke var for den klare måne og de tusindvis af pærer, der lyste fra naboens høje træ. Derfor vendte han sig ikke om, men fortsatte i stedet ud på vejen, der var gemt af sne, sne og atter sne. Han vidste sådan cirka, hvor vejen gik, så han satte sine støvler solidt i snedriverne og begyndte at gå ud i mørket. Væk fra huset, væk fra køkkenet, væk fra stuen og væk fra tegningen på fjernsynet. Væk fra rammen på væggen og væk fra den første sal, der ikke længere var farbar eller mulig at betræde.

Drengen tænkte, at hvis han blev ved med at gå, ville han måske også forlade den klare måne, men han var godt klar over, at han skulle gå langt for, at det ville ske. Han gik forbi et hus, hvor en snemand stod midt i haven og nærmest vinkede til ham. Drengen vinkede tilbage til snemanden, men trak hurtigt armen ind til kroppen igen, da hans vinterjakke var alt for kort - og derfor blottede drengens håndled, når han løftede armene for meget.

Bag snemanden var en familie i gang med at synge julesalmer. Lyden kom fra bag vinduerne, der var dugget af varmen fra bagværk, julemad og glade mennesker. Han stoppede op midt på vejen, for at se om han kunne få øje på, hvad der foregik bag de duggede vinduer. Der var kun skygger af voksne og børn, der dansede rundt i takt til salmen, som de sang af deres lungers fulde kraft. Drengen smilede lidt af, hvor sjovt det lød, når voksne og børn sang om kap i hvert deres stemmeleje. Han tog et solidt skridt mere og trak jakken op til ansigtet så meget, som det overhovedet kunne lade sig gøre.

Vinden bed allerede i kinderne og i næsen - ja, selv ørerne bag den ellers varme tophue smertede lidt af den iskolde luft. Han havde ikke gået mange skridt, før hans fødder blev iskolde og begyndte at brænde. Støvlerne var ikke hvad de havde været, så der var sivet lidt sne ind i siderne, som nu kølede fødderne ned. Det gjorde ikke mere ondt end når støvlerne gnavede, så drengen fortsatte ned ad den snedækkede vej.

'Hvad laver du ude på denne tid?' kom det fra en stemme.

Stemmen kom fra en have, som lå gemt i mørket. Kun et lille orange lys lyste midt i haven. Det var en mand, der stod og røg en cigar. Han gik tættere på sit lille plankeværk, så drengen bedre kunne se ham i lyset fra månen.

'Jeg skal ud at se verden.' sagde drengen.

Han gjorde mine til at gå videre.

'Verden? Er den ikke lukket i julen? Hvorfor går du ikke bare hjem?'

Manden lød uforstående.

'Jeg har lige været hjemme. Nu skal jeg ud i verden.' svarede drengen.

Han tog et skridt videre i de kolde snedriver, der langsomt var ved at æde sig igennem hans støvler. Manden skuttede sig i vinterkulden og gik ind mod sit hus igen.

Drengen kunne lugte cigaren og vrængede lidt på næsen. Den lugtede sur og gammel. Den slags håbede han ikke, at der var alt for meget af ude i verden. Sol, sommer og blomster kunne han sagtens klare, men cigarer, der stank, ville blive for meget af det gode.

4.

Drengen havde gået i en lille time, da hans støvler endelig gav op. Den ene støvle flækkede i to dele og bunden forsvandt i en snedrive. Toppen sad stadig bundet om drengens fod, der nu stod med en halv støvle om den ene fod.

'Det var pokkers.' mumlede drengen for sig selv.

Han havde aldrig set noget lignende. Han kiggede ned i snedriven, men bunden af støvlen var væk. Det var som om, sneen havde spist halvdelen af hans fodtøj og nægtede at aflevere den tilbage.

Han tænkte lidt på, hvordan han kunne løse problemet. Denne gang ville det kræve mere end bare nogle ekstra snørebånd fra gamle støvler. Han nikkede for sig selv og tog vanterne af. Han satte dem om foden, hvor bunden af støvlen manglede. Derefter løsnede han et af de mange stykker snørebånd fra toppen af støvlen. Båndet bandt drengen i stedet rundt om vanterne, der nu udgjorde bunden af hans støvle. Sådan fortsatte drengen med at løsne snørebånd, der så blev bundet om vanterne. Efter det hele var blevet bundet fast af et par omgange, tog drengen et forsigtigt skridt i en ny snedrive, der ikke havde noget at gøre med den snedrive, der havde stjålet bunden af hans støvle.

'Det var pokkers.' sagde han for anden gang i løbet af kort tid, da den nye vante-støvle så ud til at virke helt fint.

Drengen tog et par små skridt mere for at være sikker, før han løftede foden ud af den nye snedrive. Vanterne sad solidt fast på foden, så drengen smilede og gik videre. En dum snedrive skulle ikke ødelægge hans chance for at komme ud i verden.

Da drengen havde gået lidt længere, nåede han et busstoppested, der stod tomt hen i aftenmørket. Der kørte ingen busser juleaften, men selv på en normal aften, ville der ikke have kørt mange busser på denne tid. Han skovlede en lille bunke sne af bænken i busskuret. Han brugte ærmerne fra sin jakke, da han ikke længere havde sine vanter på hænderne, men derimod på fødderne, hvor de simulerede, at de var bunden af en støvle.

Han ville bare lige sidde ned i to minutter, men han var kold, træt og sulten - så der gik ikke længe før han faldt i søvn.

5.

'Lille dreng! Du kan ikke sove her.' kom det fra en stemme, der vækkede drengen fra hans drøm.

Han var ikke sikker på om drømmen havde været et minde, men det havde nok bare været en drøm. Drengen åbnede øjnene og så en ung pige, der umuligt kunne være mere end syv-otte år ældre end drengen. Hun var iført en blå dragt med en fin pelskrave. Hendes hue matchede dragten og hendes fine lyse hår matchede pelskraven. Det hele matchede bare på den søde pige, der smilede sødt ned til drengen.

'Jeg sover ikke. Jeg er på vej ud i verden.' sagde drengen og satte sig op fra bænken.

Pigen stod ovenpå en snedrive og smilede til ham.

'Fryser du ikke?' spurgte hun.

Hun lød bekymret og opmuntrende på samme tid. Det var som om, at hun både var ked af det og glad.

'Næh! Jeg er mere sulten end noget andet.' svarede drengen.

Han klappede på siden af sin jakke og mærkede pakken med de bløde kiks. Den var der endnu, så han åndede lettet op.

'Hvad har du i lommen?' spurgte pigen.

Hun satte sig ved siden af drengen på bænken og kiggede nysgerrigt på hans lomme.

'Ikke noget særligt.' sagde han.

Han trak forsigtigt pakken med kiks frem fra lommen.

'Det er jo mad! Var du ikke sulten?' spurgte pigen.

Hun smilede til drengen. Han kiggede ned på kiksene i hånden. Det var først da månens lys reflekterede på pakken med kiks, at han opdagede, at hans hænder var helt blå af frost og kulde.

'Det er godt nok koldt.' sagde han forsigtigt.

Han lagde kiksene i den anden hånd, så han kunne se nærmere på sin hånd. Den var helt blåviolet og fingrene var i samme farve. Han prøvede at bevæge fingrene, men det gjorde ondt, så det stoppede han hurtigt med.

'Ja, det er årets koldeste nat. Det er julenatten.' forklarede pigen.

Hun smilede ikke længere. Ingen af dem sagde noget i en tid. Drengen havde stukket hånden med kiksepakken i lommen igen og den anden hånd var begravet så dybt i den anden jakkelomme, som den overhovedet kunne komme.

'Hvorfor har du vanter på din ene fod?'

Drengen kiggede ned på vanterne, hvor den kolde sne sad fast i kager.

'En snedrive spiste sålen fra min støvle.' svarede drengen.

Pigen smilede.

'Det var da godt, at snedriven ikke spiste hele foden.'

Drengen nikkede.

'Hvor er du på vej hen?' spurgte hun.

'Jeg er på vej ud i verden.' svarede drengen.

Han vidste ikke rigtigt, om han havde lyst til at dele sine rejseplaner med en fremmed pige.

'Hvad skal du der? Skal du besøge nogen?' spurgte hun bekymret.

Hun prøvede at få øjenkontakt med drengen. Han stirrede ned i snedriven, der stod over kantstenen og halvvejs inde i busskuret.

'Nej, det tror jeg ikke. Jeg kender ikke nogen ude i verden.' svarede han.

Drengen lød lidt bedrøvet i stemmen. Det var ikke en løgn. Han kendte ikke nogen derude i den store verden. Han ville bare gerne se, om verden var andet end et gammelt hus med et tag, der ikke kunne tåle mængderne af sne. Om verden var mere end drømme, der ikke var minder eller også var de det bare alligevel.

'Hvor kommer du fra?' spurgte pigen.

Hun kunne slet ikke stoppe med at spørge. Drengen pegede ned ad vejen med sine blå fingre. Pigens øjne fulgte hans fingers fugleflugt, indtil hendes blik fangede det store juletræ med de mange lyskæder.

'Er det dit juletræ?' spurgte pigen, da hun fik øje på træet.

Hendes ansigt lyste op, for hun havde aldrig set noget så smukt før.

'Nej, men jeg bor lige ved siden af.' svarede drengen.
Pigen nikkede.

’Jeg boede lige ved siden af, mener jeg.' sagde drengen opfølgende.

Han var ikke sikker på, at han gad flere spørgsmål fra den kønne pige med det lyse hår og den blå dragt, hvor det hele matchede perfekt med hinanden.

'Hvor skal du flytte hen?' spurgte pigen.

Hun havde ikke bemærket, at hun havde opbrugt drengens tålmodighed med alle hendes spørgsmål.

'Det har jeg jo lige sagt. Vi skal ud i verden!' svarede drengen surt.

Han rejste sig op og ville videre. Hans jakke var frosset fast til bænken. Han måtte hive et par gange, før bænken opgav sit tag i drengens jakke. Han tog et skridt ud i snedriven og mærkede straks, at han havde haft godt af et hvil. Kræfterne var kommet tilbage, så han igen kunne gå ud i verden.

'Vi? Hvad mener du med vi? Er du ikke alene?' spurgte pigen igen.

Hun fulgte efter drengen, der ikke havde lyst til at snakke mere med pigen lige nu.

6.

De havde gået et stykke tid, hvor ingen af dem havde sagt noget. Pigen var løbet tør for spørgsmål og drengen havde ikke noget at sige til hende. De krydsede en lille vej, hvor der lå et hus helt ud til vejen.

De kiggede begge ind ad vinduerne, der nærmest indbød til et hurtigt kig, når huset nu lå helt ud til vejen. Bag vinduet sad et ældre ægtepar, der begge drak kaffe og så fjernsyn. Pigen stoppede op og blev ved med at kigge på de to ældre mennesker. De lignede to mennesker, der nød julefreden. En klat ris a la mande lå på en tallerken ved siden af mandens kaffekop. Et kirsebær var lagt til side i underkoppen.

'De holder juleaften alene. Deres børn besøger dem ikke længere.' sagde pigen med en stille stemme.

Hun trak i drengens jakke, da han skulle til at gå videre ud i verden.

'Kender du dem?' spurgte drengen.

Han fik øje på noget julekonfekt, der stod i en opsats på bordet ved siden af nogle nødder og en æske med søde figner. 'Ja, de har altid boet i dette her hus. Det er ikke så hyggeligt, som det engang har været. Uden børn, børnebørn eller oldebørn er alting bare blevet trist for dem.' svarede hun.

Drengen kiggede på pigen og skulle lige til at sige noget om, at det var rart, når hun ikke stillede spørgsmål hele tiden. I stedet så han en enkelt tåre forlade pigens øjenkrog.

Drengen tog et skridt tilbage, for han kunne ikke huske, hvornår han sidst havde set en tåre - eller bare drømt om en enkelt tåre.

'Hvad laver du?' spurgte hun, da han vendte hende ryggen og begyndte at gå.

'Ikke noget. Skal vi komme videre?' spurgte han tilbage.

Han havde ikke lyst til at nævne den tåre, som hun stadig havde siddende på kinden. Han behøvede ikke engang at kigge på hende for at vide, at den stadig var der.

De gik videre. Vinden havde lagt sig helt og de gik uden videre besvær gennem driverne, der var knapt så kolde, når man var to, der skulle igennem dem.

'Jeg ved altså ikke helt.' begyndte drengen.

'Hvad ved du ikke?' spurgte pigen forsigtigt.

'Altså! Jeg ved ikke, om jeg vil have dig med ud i verden.' svarede drengen.

De stoppede begge med at gå.

'Hvad mener du?' spurgte pigen.

'Du har ikke noget med. Ingen rygsæk, ingen kiks - ingenting overhovedet!' svarede drengen.

Han tænkte på sine kiks, der stadig lå trygt i hans jakkelomme. Hans mave rumlede bare ved tanken.

'Jeg har ikke brug for noget. Jeg har jo dig.' forklarede pigen.

Hun smilede til drengen. Han stoppede op og kiggede på hende.

Han skulle til at brokke sig endnu engang, da han fik øje på den enkelte tåre. Den var frosset til is på hendes kind. Han rakte hånden frem, men hun trådte et skridt tilbage, så han ikke kunne røre hende.

'Hvad laver du?' spurgte pigen forsigtigt.

'Du har en frossen tåre på din kind.' svarede drengen.

Han rakte igen ud mod hende. Hun skubbede hans blåsorte hånd væk fra sit ansigt, før han kunne nå den dråbeformede tåre.

'Hvis du gerne vil havde den tåre, så må du spørge først.'

Med to fingre pillede pigen den lille tåre af kinden. Hun rakte den frem mod drengen - og han tog pænt imod den med åbne hænder. Han kiggede ned på den fine tåre. I aftenmørket fremstod tåren helt hvid i hans mørke hænder.

'Den er meget smuk.' sagde drengen med en lille stemme.

Han kiggede op. Pigen var væk! Han kiggede rundt om sig selv et par gange, men kunne ikke få øje på pigen. Han rystede på hovedet og prøvede at komme i tanke om, hvorvidt pigen havde været et minde eller bare en drøm. Han skulle lige til at slå det hele hen som en drøm, da han mærkede tåren smelte i sin hånd. Han fik kigget ned i samme øjeblik, som tåren forsvandt mellem fingrene på ham. Han kunne mærke følelsen af et hul i maven, da tåren ramte snedriven under ham. Efter lidt tid åbnede hullet i maven sig og blev til smerte.

Først gjorde det rigtig ondt i maven, men sekunder senere gjorde det mest ondt i hjertet. Han trak vejret så godt han kunne, for hjertet gjorde så ondt, at det nærmest var umuligt for ham at trække vejret. Han gispede et par gange, men lige lidt hjalp det. Han kunne mærke den kolde luft i lungerne, men det ændrede ikke på smerten i hjertet.

Drengen lod sig falde forover i en snedrive. Inden han ramte den frosne sne, begyndte han at græde. Ikke den slags gråd, som børn græder, når de har slået sig. Det var den slags gråd, som voksne græder, når de har mistet alting. Når de har mistet modet. Når de har mistet kærligheden. Når de har tabt alting og kun mærker en ting i livet. Smerten.

Drengen græd og græd, indtil han ikke kunne græde længere. Han kunne ikke mærke den kolde sne, selv om han lå begravet i den. Han ville sige noget - også selv om der ikke var nogen, der kunne høre ham. Han ville sige noget om minderne, om drømmene og om alt det, der var midt imellem de to.

Drengen fik aldrig sagt noget, før det blev mørkt.

Helt mørkt!

7.

Drengen vågnede midt inde i en skov. Måske var han ikke helt inde i skoven, men han var i hvert fald i udkanten. Han prøvede at trække vejret og det gik nemt som ingenting. Han kunne ikke lige huske, hvad der var sket, men kom i tanke om, at han havde været ked af det. Da han mærkede efter en ekstra gang, tænkte han, at det nok havde været en drøm.

Han skulle til at rejse sig op, da en skygge nærmede sig fra marken, der gik op til skoven. En ældre kvinde i en hvid kittel kom til syne, da månen ramte hende. Hun havde et mildt ansigt, der hjalp med at skjule, at hun nok var ældre end hun så ud til at være. Drengen smilede til hende og kvinden smilede straks tilbage. Han var ikke bevidst om, hvorfor hun havde fortjent et smil, men det virkede som det rigtige at smile til kvinden.

'Har du det bedre, dreng?' spurgte kvinden i den hvide kittel. Hun rakte en kop frem mod ham.

Drengen tog fat i koppen, der til hans store overraskelse var helt tom. Han kiggede ned i koppen, der ikke havde andet indhold end lidt støv langs kanten.

Drengens sorte fingre holdt stædigt fast i koppen uden indhold. Kvinden kiggede overbærende ned på drengen.

'Drik nu, min dreng. Så skal du nok få varmen.' sagde hun med en mild stemme.

Drengen kiggede ned i koppen, der heller ikke anden gang
havde andet at tilbyde end det fine støv. Han tog koppen til
munden og lod som om, at han drak. Kvinden smilede til ham
og klappede ham på hovedet.

'Du må gerne beholde den. Jeg har flere, hvor den kommer
fra.' sagde hun.

Kvinden smilede og pegede på den tomme kop i drengens
hænder.

'Tak.' sagde drengen.

Han smilede tilbage. Han ville ikke gøre den søde kvinde ked
af det, så han tog en tår mere fra den tomme kop. Han havde
heller ikke en kop i forvejen, så den kunne han godt få brug for,
når han skulle ud i verden.

'Jeg så, at du lå på vejen. Det var det alt for koldt til.'

Drengen nikkede. Han havde drømt noget om at ligge i en
snedrive – eller også var det bare et minde?

'… og så på julenatten!' sagde kvinden med en trist stemme.

Hun rettede på sin hvide kittel. Drengen nikkede til hende
og stak koppen i sin rygsæk. Han skulle til at lukke rygsækken
igen, da han mærkede kanten af et fotografi mod sin sorte hånd.
Han trak fotografiet frem og lagde det på sine knæ.

'Det var da et dejligt billede. Er det nogen, du kender?'
spurgte kvinden.

Hun lød ikke længere trist, men smilede i stedet sødt til
drengen, der slet ikke løftede blikket væk fra det slidte fotografi.

'Det er min mor og min far.' svarede drengen med en rusten stemme.

Han havde lyst til at græde, men han havde ikke flere tårer tilbage.

'De er vel nok fine. Er den lille baby så dig?' spurgte kvinden.

Hun spurgte næsten lige så meget som pigen, hvor alting matchede.

'Det ved jeg ikke. Det tror jeg. Eller også håber jeg det bare.' svarede drengen.

Han var alt for trist til at være sur over flere spørgsmål.

'Hvor er de henne? Hvor er de dog henne alle sammen?' spurgte kvinden.

Det lød på drengen, som om kvinden godt kendte svaret, men alligevel havde et behov for at spørge.

'Det ved jeg ikke. De er enten døde eller også er de bare et andet sted.' svarede drengen.

Han prøvede at være ærlig, for kvinden havde ikke været andet end venlig mod ham. Hun havde sågar givet ham en kop.

'Du må da vide det? Hvis du ikke ved det, hvem gør så?' spurgte kvinden.

Igen fornemmede drengen, at kvinden godt kendte svaret.

'Jeg tror, at de er døde. Det har jeg i hvert fald drømt. Det kan også være, at det bare er et minde.' sagde drengen.

Han bevægede ikke længere læberne. Munden var kold og hans tunge føltes ikke længere varm.

'Du skulle nok have drukket noget mere. Det var for tidligt at pakke koppen væk.' formanede kvinden.

Hun klappede drengen på hovedet endnu engang. Han stak billedet tilbage i rygsækken og rakte ned i bunden efter koppen, men kvinden stoppede ham.

'Det er for sent nu. Du skal ud i verden.' sagde kvinden.

Hun hjalp drengen op på benene. Hans fødder var frosset fast til sneen, men hun fik hevet ham fri af den frosne sne med et hårdt ryk.

'Du må gerne komme med.' sagde drengen.

Han samlede sin rygsæk op fra den frosne sne. Han behøvede ikke at vende sig om for at konstatere, at kvinden ligesom pigen, hvor alting matchede, var forsvundet ud i den blå luft.

Drengen klappede på sin rygsæk på samme måde, som han havde klappet på den tomme fotoramme tilbage i huset. Han lukkede øjnene og tog det første skridt ud af skovbrynet. Han kunne se vejen for enden af marken, så det ville kun være et spørgsmål om kort tid, før han igen ville være tilbage på sin rejse ud i verden. Han gik med solide skridt over marken. Det føltes ikke koldt længere.

8.

Drengen gik ud ad vejen. Han følte sig i bedre stand, end han havde gjort længe. Fødderne var lidt ømme, men det var ingenting mod den smerte, som han ellers var blevet vant til. Han kunne godt nok ikke mærke fingrene og hans næse, mund og tunge var også helt uden følelse. Han kom forbi endnu et hus, hvor man kunne se ind fra vejen. En lille purk sad med en bil foran et juletræ. Han legede med den fine bil, der i den lille purks fantasi kunne køre meget hurtigt. Bag juletræet og den lille purk stod hans forældre. De havde trukket sig væk fra stuen og ud mod køkkenet. Her stod de og råbte ad hinanden.

Drengen kunne ikke høre, hvad de råbte, da han stod helt ude på vejen, men han kunne konstatere, at purkens forældre var meget uvenner. Den lille purk foran træet kunne til gengæld sagtens høre sin far og mor, men han valgte åbenbart at ignorere dem. De kunne skændes indtil nytår. Purken var ligeglad så længe, at han havde sin nye fine bil, der havde gemt sig i en af de store pakker under det smukke juletræ.

Drengen studerede de to voksne, der ikke længere råbte ad hinanden. Den lille purks mor lå på køkkengulvet og græd. Faderen stod over hende med knyttede næver og sagde noget, der for drengen lignede trøstesløse undskyldninger.

Drengen skulle lige til at gå videre, da purken foran træet kiggede ud på ham. Han vinkede og pegede på sin fine nye bil.

Drengen vinkede tilbage til den lille purk. Han blev ved med at vinke, for frosten generede ikke længere det bare stykke af hans arm, der stak ud fra jakken. De to drenge vinkede til hinanden en kort stund længere, før drengen måtte videre. Han skulle ud i verden!

Drengen gik og gik. Han kiggede op på månen, der kun var blevet kraftigere, som aftenen var skredet frem. Han tog en dyb indånding og vendte sig mod den del af vejen, som han allerede havde passeret. Han kunne fra distancen se det store juletræ i naboens have, der skinnede klarere end det nogensinde havde gjort. Drengen tænkte på manden med de lange lyskæder og smilede ved tanken om, at det træ en dag ville vokse langt op i himlen - og selvsamme himmel ville blive oplyst af de smukke lys fra det høje træ. Det var en smuk tanke, tænkte han for sig selv.

Drengen nåede ikke langt ned ad vejen, før endnu en mørk skygge kom gående mod ham. Han troede først, at det var den søde kvinde i sin hvide kittel, der måske havde fortrudt og var kommet tilbage til ham, men det var langt fra en sød kvinde. Det var en mørk skygge, der var dækket af en meget mørk dragt med en endnu mørkere hætte. Skyggen stoppede et par meter fra drengen og stillede sig på en sådan måde, at drengen ikke kunne komme videre uden at skulle udenom den store skygge, der var mindst dobbelt så høj som drengen.

'Hvor tror du, at du skal hen?' knurrede skyggen.

Drengen kunne ikke se noget ansigt under den mørke hætte.

'Jeg skal ud i verden. Hvis du gider at flytte dig lidt, så ville det bare være rigtig godt.' svarede drengen stolt.

Han var kommet for langt væk hjemmefra til at være rigtig bange for en skygge uden ansigt.

'Jeg er blevet sulten, så kom du bare nærmere min dreng.' sagde skyggen.

Det lød som om skyggen gnæggede under hætten, men drengen var ikke helt sikker. Han var heller ikke helt sikker på, hvad skyggen mente, men han kom i tanke om de kiks, som han havde i lommen. Han stak hånden dybt i jakken og trak pakken med kiks frem.

'Jeg har nogle kiks. Jeg havde godt nok gemt dem til senere, men jeg er ikke rigtig sulten længere.' sagde drengen.

Han rakte pakken med kiks frem mod skyggen.

'Er det din sidste mad?' spurgte skyggen tøvende.

Drengen nikkede. Han havde ikke andet mad på sig end den ene pakke med kiks.

Skyggen rakte ud efter pakken og tog imod kiksene i et hurtig træk med en hånd, der var endnu mere sort end drengens hænder og arme.

'Jeg er også tørstig!' brummede skyggen.

Den var allerede halvvejs igennem pakken med kiks.

'Jeg har en kop lige her.' sagde drengen og tog sin rygsæk af.

Han stak hånden ned forbi fotografiet, bamsen og en yoyo. Her fandt han koppen i bunden af rygsækken.

Skyggen tog imod koppen på samme grådige måde, som den havde taget pakken med kiks. Sekundet senere drak skyggen lystigt af koppen, der ellers havde været tom for drengen de par gange, som han selv havde kigget ned i den.

'Var det din sidste drik?' spurgte skyggen med undren i stemmen.

'Ja, jeg er alligevel ikke rigtig tørstig længere.' svarede drengen.

Han havde ikke mere at tilbyde skyggen. Rygsækken og lommerne var tomme for både mad og drikke.

'Ved du hvem jeg er?' spurgte skyggen.

Igen hørte drengen en gnæggende lyd fra under hætten.

'Jeg er på vej ud i verden, så det er ikke vigtigt for mig, hvem du så end er.' svarede drengen.

Han havde mistet interessen for skyggen, hætten og de gnæggende lyde.

'Så må du have en god tur ud i verden, dreng.' sagde skyggen.

Den trak et skridt til side og signalerede med det ene ærme af dragten. Drengen måtte passere.

'Tak for det.' sagde drengen.

Han passerede skyggen uden at blinke.

'Det er mig, der takker. Tak for mad og drikke, dreng.'

Drengen fortsatte nogle skridt gennem sneen, før han hørte skyggen færdiggøre sin sætning.

'… og så på selveste julenatten!'

Skyggen forsvandt bag drengen på samme måde som pigen, hvor alting matchede og kvinden med den hvide kittel.

9.

Drengen fortsatte med at gå gennem snedriver og langs veje, som man ikke længere kunne adskille fra hinanden. Efter kort tid nåede han en lille station. Der kørte ikke længere tog for det var juleaften.

Drengen satte sig på en bænk langs en perron, der lå så meget i læ af stationsbygningen, at der næsten ikke lå noget sne. Bænken var tør, varm og blød at ligge på. Drengen tog sin hue af og kørte sin sorte hånd igennem håret. En finger satte sig fast i det filtrede hård, så drengen rykkede hånden til sig. Den sorte finger faldt af hånden og røg ned på fliserne på perronen. Han kiggede først ned på den sorte finger og derefter studerede han sin hånd, der nu kun havde fire fingre.

Drengen samlede fingeren op fra fliserne og lagde den i rygsækken. Han skulle til at tage sin hue på, da han opdagede, at hans højre øre sad fast i kanten af den frosne hue. Han smilede lidt af øret, der bare lå i den sorte hue. Det afrevne øre var sort som fingeren, så det røg samme vej ned i rygsækken.

Drengen lukkede øjnene og prøvede at huske tilbage til sidst han havde oplevet eller drømt noget lignende. Han kunne ikke huske at have oplevet den slags på egen krop tidligere.

Han kunne til gengæld huske sin mor. Hun lå nede i køkkenet med hovedet inde i ovnen. Hun måtte have været faldet i søvn, for hun havde aldrig mærket noget til gassen.

Det var underligt at tænke tilbage på den slags minder, for det hele virkede som en drøm.

'Sidder du her? Hvor skal du hen?' spurgte pigen, hvor alting matchede. Hun stod i den anden ende af perronen og kiggede ned på drengen, der nu manglede både en finger og et øre.

'Det har jeg jo sagt. Jeg skal ud i verden.' svarede drengen.

Han ville nok have været mere irriteret på pigen, hvis det ikke var fordi, han nu kun havde et øre, som han kunne høre hende med. Det gjorde hende kun halvt så irriterende.

'Jeg har lige set julemanden!' udbrød pigen.

Hun pegede ud på vejen, hvor hun lige var kommet fra. Derefter satte hun sig ved siden af drengen på præcis samme måde, som hun havde siddet i busskuret nogle timer forinden.

'Jeg troede ikke, at han eksisterede. Jeg troede bare, at han var en drøm.' sagde drengen.

Han havde ikke haft meget interesse for julemanden i flere år. Den var forsvundet den dag hans mor havde lagt hovedet ind i gasovnen.

'Det troede jeg også, men nu så jeg ham altså.' sagde pigen og smilede til drengen.

Han var bare lykkelig over, at hun havde sat sig på den side af ham, hvor han manglede et øre.

'Ved du hvornår togene kører igen?' spurgte han pigen, hvor alting matchede.

Han vendte endda hovedet, så han rent faktisk kunne høre, hvad hun svarede.

'Der kører ikke flere toge her fra perronen.' kom det fra trappen, der førte til overgangen til de andre perroner.

Her kom kvinden med den hvide kittel, der havde givet drengen en kop. En kop som han ikke havde længere.

'Jeg troede, der kom bare et enkelt tog mere. Et sidste tog.' sagde pigen.

Hun lød meget skråsikker, så drengen besluttede sig for at blive siddende, selv om han helst bare ville ud i verden.

'Er der plads til en mere?' spurgte kvinden.

Hun satte sig på den anden side af drengen. Han rykkede sig en smule og det samme gjorde pigen. Her sad de tre så i stilhed et stykke tid.

'Kunne du bruge koppen?' spurgte kvinden efter et øjebliks stilhed.

Drengen kiggede op på hende og rettede på sin tophue. Han havde givet koppen væk og var ikke særlig stolt af det. Han besluttede sig for at fortælle hende det, for det var vigtigt at være ærlig, hvis man skulle klare sig ude i verden.

'Jeg har givet den væk. Jeg har den ikke mere.' sagde han.

Han kunne mærke, hvor ked af det han blev.

'Det er ok. Jeg sagde jo, at der var flere, hvor den kom fra.' svarede kvinden og smilede.

Hun klappede ham på huen og det skulle hun aldrig have gjort. Det andet øre faldt ud af huen og ned på fliserne præcis som fingeren havde gjort, da den havde siddet fast i håret. Pigen kiggede ned på øret og fik det samlet op til drengen, før han selv nåede at samle sit øre op. Han åbnede sin rygsæk og lagde øret ned til fingeren og det andet øre.

'Hvad med dine kiks? Har du stadig dem?' spurgte pigen og smilede.

'Nej, dem har jeg også givet væk.' svarede drengen og var ærlig endnu engang.

'Har du givet det hele væk? Har du ingenting tilbage?' spurgte kvinden.

Hun rettede på den hvide kittel.

'Ja, han gav mig det hele.' kom det fra skyggen med hætten.

Han kravlede op nede fra sporet foran perronen. Selv om der var lys over det hele, var han stadig helt sort og helt uden ansigt under hætten. Han satte sig på bænken ved siden af kvinden i kitlen.

'… og så på julenatten.' sagde skyggen med hætten.

'Og så på julenatten.' sagde kvinden i kitlen.

'Og så på julenatten.' sagde pigen, hvor alting matchede.

'Og så på...' startede drengen, da et tog pludseligt rullede ind på den tomme perron. Ingen steg ud og kun de fire rejsende fra bænken steg på. De satte sig i hvert deres hjørne af en kupé, der lugtede langt væk af gammel cigar og billig parfume.

Drengen satte rygsækken med fotografiet, bamsen, en yoyo, en finger og to ører foran sig. Han klappede på den to gange bare for at være helt sikker. Der gik ikke længe før toget begyndte at rulle. Øjeblikket senere sov drengen.

10.

Drengen vågnede i sin seng. Han var udhvilet, men skulle lige vågne lidt op, da hans hoved stadig snurrede en smule. Et øjeblik senere stod han op og gik ned af trappen i det store hus.

Da han nåede den store fine stue, kiggede han ud i haven. Solen havde givet op og var gået i seng. Mørket havde sænket sig over den store have. Han tænkte, om han lige havde haft en drøm eller om han havde oplevet en noget anderledes juleaften. Han var ikke helt sikker, men besluttede sig for, at det nok bare havde været en drøm. Han gik hen til den store kontakt, der hang på væggen ud mod haven. Han klappede på væggen to gange, før han trykkede på kontakten. Det store træ i haven lyste op. Han beundrede sit fine træ, der med garanti lyste hele byen op nu. Han tænkte, at det uanset hvad han ellers drømte eller oplevede aldrig ville blive rigtig jul, før det store træ med alle lyskæderne blev tændt. Han tændte sig en cigar og satte sig på en stol. Nu var det så sandelig blevet jul.